LIGIA ÁLVAREZ

LUISA HEROÍNA

TEXTO PARA TEATRO SOBRE LA VIDA DE LA HEROÍNA

VENEZOLANA LUISA CÁCERES DE ARISMENDI

Premio del Concurso para Autores Inéditos, mención Dramaturgia (2012),

Monte Ávila Editores Latinoamerica

DRAMATURGIA VENEZOLANA

Primera edición

Ediciones Artescena Andares y Decires

Primera edición: 2020

Serie: Dramaturgia

Diseño de la portada e imagen: *Kindle Direct Publishing*

ÍNDICE

DEDICATORIA

A Carmen Adela, Ligia del Carmen, Pedro Sabas, David, Gabriel, Daniel, Dayli,

Thiago… Mis seres cercanos más queridos.

AGRADECIMIENTO

A los dramaturgos Rodolfo Santana (+) y José Gabriel Núñez, mis Maestros, por todas sus enseñanzas.

También debo reconocer la ayuda de mis compañeros de las peñas "La Espiral de la Imagen" y "Peña Dramatúrgica José Gabriel Núñez": han sido fuente de inspiración y motivación.

PERSONAJES:

Luisa anciana.

Luisa joven.

Carmen, nieta de Luisa anciana, 15 años.

Don Domingo, padre de Luisa.

Doña Carmen, madre de Luisa.

Juan Bautista Arismendi.

Sacerdote.

Voz de Simón Bolívar.

Soldado I.

Soldado II.

Ángel Bueno.

Ángel Malo.

Inés, prisionera.

Libertad, esclava.

Narciso de Jesús, soldado negro.

Evaristo, niño de 10 años.

Jesusita, niña de 10 años.

Bailarines

(La acción tiene lugar el 25 de septiembre de 1865, cuando Luisa Cáceres, viuda de Juan Bautista Arismendi, está cumpliendo sus 66 años. El escenario está completamente oscuro. Paulatinamente se va iluminando el fondo central y se pueden ver imágenes proyectadas a través de un vídeo *beam*, de los rostros de Luisa Cáceres de Arismendi, José Félix Ribas, Simón Bolívar, Juan Bautista Arismendi y la fachada del Castillo de Santa Rosa. Finaliza la proyección. Aparece un cuerpo de baile con dos o tres parejas bailando un minué. Cenital sobre una mecedora en el fondo izquierdo. La misma se mueve como si alguien estuviera desplazándose hacia adelante y hacia atrás en forma violenta y repetida. Baja la música del minué y se sobrepone otro tipo de música del siglo XIX. Los bailarines introducen a Luisa anciana en escena. Luisa anciana se sienta en la mecedora. Trae con ella un bordado en el cual trabaja en ocasiones mientras conversa.)

ESCENA I

(Entra Carmen, la nieta de Luisa, y da vueltas alrededor de la mecedora donde se encuentra Luisa anciana sentada, mientras canta con la música de "Mambrú se fue a la guerra".)

CARMEN: (Cantado) Abuelita fue prisionera,

    qué dolor qué dolor qué pena.

    Abuelita fue prisionera

    y nadie sabe toda la verdad.

Do re mi do re fa

y nadie sabe toda la verdad (bis). (Deja de cantar)

Abuela, hoy cumple años, ¡qué bueno es cumplir años! (Da vueltas alegre)

LUISA ANCIANA: Ay, hija mía, únicamente cuando se tiene tu edad, pero en mi caso…

CARMEN: En pocos días yo también estaré celebrando mis quince años.

LUISA ANCIANA: Y tus padres no tendrán que invitar a nadie de afuera; con tantos primos que tienes, podrás escoger entre todos ellos para bailar el vals.

CARMEN: De todas maneras, mamá y papá tienen una lista de invitados de las mejores familias de Caracas.

LUISA ANCIANA: Cumplir años no es lo mismo para ti que para mí, para ti es fiesta pero para mí es… no sé… otra cosa.

CARMEN: (Muy alegre da vuelta) Es cierto abuelita, para mí cumplir años es lo mismo que regalos, música, pasteles, dulces, canciones, baile.

LUISA ANCIANA: En cambio los ancianos como yo cuando cumplimos años no podemos evitar recordar tiempos pasados.

CARMEN: Pero sea alegre, abuela. Usted no cumple años todos los días.

LUISA ANCIANA: Todos los días no cumplo años pero sí todos los años, y de tanto cumplirlos ya no encuentro novedad en ello.

CARMEN: ¿Usted cumple muchos años, abuelita?

LUISA ANCIANA: Sí, son muchos, muchísimos…

CARMEN: Pero ¿cuántos muchos?

LUISA ANCIANA: Hoy estoy cumpliendo ´tiséis.

CARMEN: ¿´tiséis, abuela? ¡Dígame en verdad cuántos!

LUISA ANCIANA: Ya te lo dije.

CARMEN: ¡Ah! Son cincuenta y seis…. no, no, sesenta y seis…. no, no, setenta y seis.

LUISA ANCIANA: No, hija no sigas, párate ahí.

CARMEN: Dígame su edad, abuelita. (Da vueltas)

LUISA ANCIANA: Una dama nunca dice su edad.

CARMEN: Pero yo la digo…

LUISA ANCIANA: Eso es ahora, más tarde no será así y te acordarás de mí.

CARMEN: Pero abuela, en serio, ¿cómo se siente?

LUISA ANCIANA: Orgullosa.

CARMEN: ¿Por qué?

LUISA ANCIANA: Puedo decir que he cumplido con la vida.

CARMEN: ¿Con la vida, abuelita?

LUISA ANCIANA: ¡Querida, preguntas tanto! Mas trataré de responder a cada una de tus inquietudes.

CARMEN: Gracias, abuelita por ser tan complaciente conmigo.

LUISA ANCIANA: Estoy orgullosa porque siento que he cumplido primero que todo con Dios, después conmigo misma, con mi familia y con la patria.

CARMEN: ¿Y cómo logró todo eso, abuelita?

LUISA ANCIANA: Todo eso se lo debo, sin duda, en primer lugar a mis padres. Ellos sembraron en mí los valores espirituales necesarios para afrontar los caminos de espinas que una vez tuve que andar, además de luchar en contra de mis propias debilidades. Así como hoy tus padres te guían por un camino de rectitud, asimismo los míos hicieron otro tanto.

CARMEN: Hábleme de ellos entonces, abuela.

LUISA ANCIANA: Para mí, papá, tu bisabuelo, era un sabio, y mi madre, tu bisabuela, una mujer llena de virtudes que además de ser la esposa cariñosa también fue la compañera, y para mí y mis hermanos la progenitora que siempre estuvo a nuestro lado. Mis predecesores me educaron con sencillez pero con exagerados cuidados éticos y morales. Yo me quejaba, pero más tarde entendí que eso fue lo que me permitió sobrellevar todos los vejámenes y humillaciones que luego sufrí.

CARMEN: ¿Cómo era la vida de la mujer en sus tiempos de joven?

LUISA ANCIANA: En aquella época, las exigencias para la mujer eran mayores que las de hoy.

CARMEN: A la mujer siempre se le ha exigido.

LUISA ANCIANA: Recuerdo que tanto papá como mamá solían leerme en voz alta. Para mí era una tortura y hacía de todo para hacer menos pesadas aquellas interminables sesiones de lectura de normas.

ESCENA II

(Entra el padre de Luisa - don Domingo-, la madre de Luisa - doña Carmen- y Luisa joven. La nieta –Carmen- y Luisa anciana permanecen a un lado del escenario en penumbras, inmóviles. Don Domingo persigue por todo el escenario a Luisa joven mientras lee de un libro exageradamente grueso y grande. Doña Carmen permanece al lado de su esposo, camina y se detiene cuando él lo hace. A veces también lee del libro. Mientras escucha, Luisa joven va realizando la mímica de todo lo que los padres dicen. Esta escena debe ser graciosa y dinámica.)

DON DOMINGO: Hija mía, escucha, y presta atención a las normas del buen vivir del obispo Madroñero que te voy a leer.

LUISA JOVEN: Padre, pronto voy a tener un juego de rondas en el patio de nuestra casa con mis amiguitas. No deben tardar. ¡No tengo tiempo de escuchar todo eso!

DOÑA CARMEN: No te preocupes, Luisa. Por los momentos presta atención a tus lecciones.

DON DOMINGO: Es cierto lo que dice tu madre, primero es esto. El juego es importante pero más relevante es el cultivo del espíritu y ese no se debe relegar.

LUISA JOVEN: (Con fastidio) ¿Y si llegan mis amigas?

DOÑA CARMEN: Las esclavas las harán pasar y les ofrecerán un refrigerio, el estudio no se puede dejar para más tarde.

LUISA JOVEN: (Resignada) Está bien. Diga padre, diga.

DON DOMINGO: (Leyendo) "No es bien visto que la mujer permanezca en la puerta o en la ventana, ni tampoco acostada o echada en las hamacas a la vista de los hombres."

LUISA JOVEN: (Divertida). Es malo estar acostada, ¿acaso siempre tendré que estar de pie?

DOÑA CARMEN: Luisa, sé que tú conoces exactamente a que se refiere tu padre… Es solamente cuando haya visitas masculinas en la casa… así que deja la chanza y presta atención.

DON DOMINGO: (Leyendo) "Si han de visitar la casa, nunca deben quedarse a solas con ellos."

LUISA JOVEN: Más fácil será entonces que una esclava me acompañe todo el tiempo y así no habrá riesgo de quedarme por instantes a solas con algún caballero.

DON DOMINGO: (Leyendo) "Tampoco recibirlos en ropas livianas o de dormir".

LUISA JOVEN: ¿Y si la mujer estuviera enferma?

DOÑA CARMEN: Ni estando enferma, Luisa, ni estando enferma.

LUISA JOVEN: ¿Y si los hombres fueran parientes?

DON DOMINGO: (Enfurecido). Ni siquiera siendo ellos parientes muy cercanos.

LUISA JOVEN: Pero papá, nunca he hecho esas cosas de las que habla, no debe mostrar tanto enojo.

DOÑA CARMEN: Ciertamente, querida, pero es bueno que no estén en ti las normas por mera intuición, debes saber que son de estricto cumplimiento. Así que no interrumpas a tu padre, por favor.

DON DOMINGO: (Leyendo). "La mujer no debe andar vagando por ahí y debe ocuparse de las acciones religiosas y piadosas, debe además cumplir con sus devociones cual santa".

LUISA JOVEN: Padre, sabe que voy todos los días muy temprano con mamá a misa.

DOÑA CARMEN: Es verdad, hija… pero sigue escuchando.

DON DOMINGO: Es claro que lo sé y además, también te he visto rezar en la capilla de nuestra residencia, pero escucha: (Leyendo) "que no salga fuera de casa o lugar alguno que sea el que fuere sin que primero, atendiendo la honestidad y modestia, tenga cubierta la cabeza con una toca o lienzo, o con un velo que no sea transparente, de tal manera que no se vean los cabellos y que esté cubierta la mayor parte de la cara."

(Luisa toma un velo y se cubre la cabeza y se arrodilla como si lo estuviera haciendo ante un altar y reza. De repente, como dándose cuenta de algo se descubre y pregunta.)

LUISA JOVEN: ¿Por qué debo ocultar mis cabellos? Las esclavas me dicen que los míos son un regalo de los ángeles.

DON DOMINGO: Por lo mismo, Luisa, las tentaciones se esquivan, no puedes ser objeto fácil de ellas, no por ti sino por algunos hombres que siempre quieren ver más allá y cuyos pensamientos van cual caballos apresurados. Hija, todo lo que te acabo de decir se extiende para las mujeres casadas, las viudas y las hijas doncellas.

LUISA JOVEN: ¿Papá, qué significa doncella?

DOÑA CARMEN: Alguien como tú, hija.

DON DOMINGO: Tiene razón tu madre, una doncella es una joven casta, pura como tú (Continúa leyendo) "Que cuide tener cubierto parte del rostro, lo cual se observará más exactamente y con mayor cuidado cuando salen para la iglesia o van a las procesiones u otro ejercicio social o religioso."

(Luisa toma una vela, se cubre la cabeza y parte del rostro, y camina como si estuviera en una procesión. De repente, se detiene y se descubre la cara.)

LUISA JOVEN: Mi rostro no está deforme, las esclavas también me dicen que es primoroso ¡y lo debo ocultar como si fuera feo!

DOÑA CARMEN: No es feo, pero será privilegio de tu futuro esposo contemplarlo.

LUISA JOVEN: (Decepcionada). Si ustedes lo dicen.

(Los personajes don Domingo, doña Carmen y Luisa joven quedan en penumbras. Luz sobre Luisa anciana y Carmen).

LUISA ANCIANA: Mis padres me enseñaron que la mujer debía cumplir tres roles sociales: madre, esposa e hija. Además, mi actuación debía estar ajustada al mandato del Concilio de Trento…

(Tanto Luisa anciana como la nieta miran hacia don Domingo, doña Carmen y Luisa joven y vuelve la penumbra sobre ellas y claridad sobre los otros personajes.)

DON DOMINGO: (Leyendo). "La mujer principalmente se debe casar para ser madre y es oficio de la madre concebir, parir y criar a los hijos."

(Doña Carmen entrega a Luisa un tetero y un muñeco. Ella lo cuida y hace como si lo alimentara. Continúa leyendo)

"La tarea más importante de la mujer es la de procrear descendientes y cuidarlos hasta que pudieran integrarse a la sociedad cuando llegasen a la edad adulta. Como esposa, la mujer debe fidelidad, respeto y cuidado al marido, garantizando una descendencia legítima. Es preciso que sea pasiva y mansa frente a él."

(Luisa joven en actitud de esposa sumisa. Continúa leyendo.)

"Es su obligación expresar la dignidad. Como hija, su conducta debe elevar el honor de la familia, afianzando su virginidad."

LUISA JOVEN: (Con curiosidad). ¿Virginidad?

DOÑA CARMEN: (Cortante) Después hablamos sobre ese tema, es muy delicado. (Le quita el libro a don Domingo) Mejor leamos esta parte que trata sobre el aspecto devocional. (Lee) "Es preciso que la mujer participe de los ritos y conozca algunos conceptos básicos de la doctrina cristiana."

(Luisa joven otra vez en actitud religiosa, se persigna, hace como si rezara, se arrodilla, eleva sus brazos y mirada en dirección al cielo)

Para esto, (Continúa leyendo), "… es necesario que sepa por lo menos leer los misarios y las novenas, sobre todo en el caso de jóvenes mantuanas…", como tú, "… para participar en los actos religiosos, tanto públicos como privados. Además, debe ser en todo momento benefactora del culto católico, haciendo limosnas y donaciones para la manutención de conventos, hospicios y obras pías. Si la mujer no se casa, entonces su opción es la vida religiosa."

LUISA JOVEN: (Espantada). ¡Monja, yo!

(Salen del escenario los personajes don Domingo, doña Carmen y Luisa joven).

ESCENA III

(Regreso al presente con Carmen y Luisa anciana.)

CARMEN: Su educación debió ser muy estricta, abuelita.

LUISA ANCIANA: Aunque realmente muy sencilla, apenas aprendí a leer y a escribir, pero las lecciones de moral y buenas costumbres nunca fueron pocas. Y ellas marcaron mi vida. Siempre me mantuve leal a esos principios inculcados desde muy niña.

CARMEN: He oído decir que usted es una mujer fuerte porque fue capaz de soportar las más terribles amarguras.

LUISA ANCIANA: Realmente nunca he sido fuerte, más bien soy débil como cualquier mujer, incluso como cualquier ser humano.

CARMEN: Pero dicen que mostró siempre mucha entereza.

LUISA ANCIANA: Cierto, mas no sé, no podría explicar cómo se originó. Tal vez cualquier ser humano en una situación tan terrible como aquella que yo padecí puede lograr las fuerzas necesarias para resistir. Sin embargo, muchas veces creí que podrían conmigo y casi me entrego a la muerte… y a la traición. Tal vez fueron las austeras costumbres de mis padres, en medio de las cuales viví mis más tiernos años, las que forjaron en mí ese recio temple moral que dicen que tengo.

CARMEN: Me enorgullece mucho llevar su sangre, ser su nieta.

LUISA ANCIANA: Más orgullo siento yo de ser tu abuela, querida mía.

CARMEN: También estoy orgullosa de mi abuelito Juan Bautista. Aun cuando no lo conocí, sé por lo que me ha contado que fue un gran hombre.

LUISA ANCIANA: Lo fue. Pero ahora que hablas de tu abuelo, debo decirte que nunca pensé que ser la esposa de Juan Bautista sería el comienzo de aquella tragedia que costó la vida de mi primera hija, mi Juana Bautista. (Se entristece mucho)

CARMEN: Abuelita, pero piense en que tiene muchos hijos y nietos.

LUISA ANCIANA: Lo sé querida y eso alegra mi existencia. No puedo olvidarme de mis doce hijos, ni de ninguno de mis nietos. Sin embargo, nunca he podido alejar de mi mente a aquella mi primera hija, quien no tuvo la oportunidad de sobrevivir.

CARMEN: Abuelita, ¿Por qué no me cuenta de cuando conoció a mi abuelo?

LUISA ANCIANA: Parece que fue ayer cuando conocí a mi esposo. Fue en 1813 en la residencia del Coronel José Félix Ribas. Fue en una fiesta de Navidad.

(Se escucha música muy alegre de villancicos.)

Mis padres y amigos decían que yo era hermosa, poseedora de una rara y sugestiva belleza (Regocijada).

CARMEN: Lo sigue siendo, abuelita. Usted es muy bella.

LUISA ANCIANA: Favor que me haces, querida. Pero, deja que te siga contando. El Coronel Ribas presentó a Juan Bautista a la familia. Es que es como sí lo estuviera viendo. Yo sólo tenía catorce años.

CARMEN: ¡Casi mi edad!

LUISA ANCIANA: Sí, y eso no le importó a Juan Bautista para pedir mi mano al poco tiempo de habernos conocido.

ESCENA IV

(Transición al pasado. Se ofrece una fiesta de navidad. Hay invitados, música, alegría, brindis. Juan Bautista se acerca a Luisa joven y besa su mano con una reverencia.)

JUAN BAUTISTA: ¿Me permite bailar un vals con usted, bella dama?

LUISA JOVEN: Con mucho gusto lo haría pero primero debo pedir la autorización de mi padre.

(Se ven los movimientos y gestos de Juan Bautista pidiendo permiso, y de don Domingo accediendo. Juan Bautista y Luisa bailan.)

(Terminada la fiesta, solamente quedan en escena don Domingo, Luisa joven y Juan Bautista. Carmen y Luisa anciana continúan observando.)

LUISA ANCIANA: Solo unos días después Juan Bautista habló con papá.

JUAN BAUTISTA: (Dirigiéndose a don Domingo) Muy querido señor mío, con todo respeto debo confesar que he quedado prendado por la belleza de su hija Luisa.

DON DOMINGO: Favor que usted me hace de haber fijado sus ojos en ella.

JUAN BAUTISTA: Más bien debería ser yo el que agradezca ese maravilloso regalo a mis ojos que la presencia de Luisa representa.

DON DOMINGO: ¿Pero qué es lo que quiere decirme?

JUAN BAUTISTA: La difícil situación en Margarita está requiriendo de mi dirección, es por ello que debo partir de inmediato, y deseo fervientemente que usted me conceda la mano de su hija para contraer nupcias antes de marcharme.

DON DOMINGO: Usted me honra con su petición pero no puedo entregarle a mi hija.

JUAN BAUTISTA: ¿Acaso Luisa ya se encuentra comprometida?

DON DOMINGO: No es eso, mi distinguido caballero.

JUAN BAUTISTA: Entonces dígame, ¿cuál es el impedimento tan grande que no permite que usted acceda a mis legítimos deseos?

DON DOMINGO: Mi única y amada hija es una niña casi. Esa es mi simple y poderosa razón.

(Salen Juan Bautista, Luisa joven y don Domingo. Cenital sobre el frontal izquierdo.)

LUISA ANCIANA: Sin embargo, el curso de los acontecimientos me lanzó a los brazos de mi Juan Bautista.

CARMEN: ¿Qué ocurrió, abuela?

LUISA ANCIANA: Papá era un hombre ajeno a la guerra.

CARMEN: Tengo entendido que más bien era un hombre de letras.

LUISA ANCIANA: Y también de enseñanza, pero tenía amigos militares patriotas. Uno de ellos era autoridad en la guarnición de Ocumare y papá fue invitado a pasar unos días por allá. Los realistas asaltaron la guarnición y…

CARMEN: ¿Y no me dirá abuelita, que su padre no pudo escapar?

LUISA ANCIANA: (Triste) No, no pudo, su amigo por el contrario sí escapó, pero él, inocente, salió a la Plaza Mayor y fue allí donde perdimos a papá.

(Se oyen disparos y cañonazos.)

Mi hermano Félix acompañó a Juan Bautista desde la Comandancia Militar en la expedición hacia Ocumare que mi entonces futuro esposo organizó con numerosos jóvenes. Félix fue hecho prisionero y al cabo de unos días, los crueles y sangrientos realistas lo asesinaron a machetazos.

CARMEN: ¡Qué terrible, abuelita!

LUISA ANCIANA: Juan Bautista salvó su vida y fue encomendado para gobernar Margarita. Ni mi familia ni yo tuvimos tiempo de llorar a los muertos porque hubo que salir de prisa de Caracas.

CARMEN: ¿Por qué tuvieron que abandonar la ciudad?

LUISA ANCIANA: Boves y sus hombres se aproximaban a saquear y a degollarnos.

CARMEN: ¡Qué horror!

LUISA ANCIANA: Estábamos todos aterrados por las noticias que llegaban sobre las crueldades de las tropas de Boves. El General Bolívar inicialmente pensó enfrentarlos, pero lo razonó mejor y se dio cuenta de que era preferible iniciar la retirada hacia Oriente y unir fuerzas con las tropas orientales.

VOZ DE SIMÓN BOLÍVAR: (Se muestra una imagen de El Libertador por medio de un vídeo *beam* y sus palabras se escuchan en *off*. La imagen de El Libertador se intercala con imágenes de la emigración a Oriente.)

"Los españoles han dado la libertad a nuestros pacíficos esclavos y puesto en fermentación las clases menos cultas de nuestros pueblos para que asesinen individualmente a nuestras mujeres y a nuestros tiernos hijos, al anciano respetable y al niño que aún no sabe hablar. Ante esta situación es necesario marcharnos a Oriente".

LUISA ANCIANA: Los pobladores de Caracas marchamos atemorizados. Fue caminar, caminar, caminar...

ESCENA V

(Entra Luisa joven y comienza a caminar por el escenario, muestra mucho cansancio y luego se arrastra. Mientras esto sucede, se proyectan imágenes de la emigración a Oriente y del temible José Tomás Boves y su ejército. Luisa anciana y Carmen, en penumbras, observan la escena. Luisa joven al arrastrarse va perdiendo su vestimenta, la cual se vuelve un harapo mugriento e incluso, los zapatos los va dejando en el camino. Se escuchan llantos de niños, bueyes y caballos relinchando, también gritos desesperados. Las imágenes y el sonido van extinguiéndose poco a poco. Luisa joven sale del escenario.)

CARMEN: Debió ser duro, abuela, muy duro.

LUISA ANCIANA: Esa situación la vivimos todos los habitantes de Caracas en 1814. De mi familia murieron mis cuatro tías. Únicamente quedamos mamá, mi hermano menor y yo.

CARMEN: (Horrorizada) ¡Mi Dios!

LUISA ANCIANA: Recuerdo que los enfermos y ancianos morían por el camino y no podíamos sino dejarlos ahí sin siquiera sepultarlos. Otros muchos murieron atacados por fieras o por serpientes. Yo viví una situación singular dentro del horror. El mismísimo Simón Bolívar ayudó a varios niños a pasar el caño de Río Chico en la grupa de su caballo. Entre ellos, un poco más crecidita que el resto, estaba yo.

(Se proyectan imágenes a través del vídeo *beam*.)

CARMENA: A pesar de todo fue un honor que eso sucediera, ¿verdad, abuelita?

LUISA ANCIANA: En ese momento yo tenía muy pocos años, y la verdad no pensé en eso ni en lo que sería Bolívar años más tarde. El fin era llegar a Cumaná, algunos logramos sobrevivir pero otros llegaron a su exterminio porque ahí estaba Boves con la ciudad tomada. Los que quedaron de mi familia y yo logramos alcanzar La Asunción donde Juan Bautista nos esperaba.

(La Asunción se hace presente, Juan Bautista recibe a doña Carmen y a Luisa joven. Luisa anciana y Carmen se acercan y ven.)

CARMEN: Fueron terribles las experiencias que vivió, abuelita. Cuando más bien debía estar jugando con muñecas estaba sintiendo pérdidas, dolor, sacrificio, muerte… ¿Y qué pasó después?

LUISA ANCIANA: Cuando llegamos a La Asunción, después de nuestra travesía de dolor, sangre, sudor y muerte, Juan Bautista volvió a ofrecerme matrimonio y esta vez de inmediato nos casamos.

ESCENA VI

(Entran Luisa joven vestida de novia. Lleva un ramo sencillo. Mientras ella camina hacia el altar, donde esperan Juan Bautista y un sacerdote, se escucha el tema Las bodas de Fígaro de Wolfgang Amadeus Mozart.)

SACERDOTE: ¿Han venido aquí a contraer matrimonio por libre y plena voluntad, sin que nada ni nadie los presione?

LUISA JOVEN Y

JUAN BAUTISTA: (Al unísono) Sí, señor.

SACERDOTE: La validez de este sacramento será comprometida, si han respondido con falsedad. ¿Juan Bautista, estás dispuesto a amar y honrar a Luisa en este matrimonio durante toda la vida?

JUAN BAUTISTA: Sí, estoy dispuesto.

SACERDOTE: ¿Luisa, estás dispuesta a amar y honrar a Juan Bautista en este matrimonio durante toda la vida?

LUISA JOVEN: Sí, estoy dispuesta.

SACERDOTE: ¿Juan Bautista, estás dispuesto a recibir con amor los hijos que Dios les dé y a educarlos según la ley de Cristo y la Iglesia?

JUAN BAUTISTA: Sí, estoy dispuesto.

SACERDOTE: ¿Luisa, estás dispuesta a recibir con amor los hijos que Dios les dé y a educarlos según la ley de Cristo y la Iglesia?

LUISA JOVEN: Sí, estoy dispuesta.

SACERDOTE: Así, pues ya que ustedes quieren establecer la alianza santa del matrimonio, unan sus manos y expresen su consentimiento delante de Dios y la Iglesia.

(Luisa y Juan Bautista se dan la mano derecha.)

JUAN BAUTISTA: Yo, Juan Bautista, te acepto a ti, Luisa, como mi esposa y prometo serte fiel en la prosperidad y en la adversidad, en la salud y en la enfermedad y amarte y respetarte todos los días de mi vida.

LUISA JOVEN: Yo, Luisa, te acepto a ti, Juan Bautista, como mi esposo y prometo serte fiel en la prosperidad y en la adversidad, en la salud y en la enfermedad y amarte y respetarte todos los días de mi vida.

SACERDOTE: Que el señor confirme este consentimiento que han manifestado ante la Iglesia y cumplan ustedes su bendición. Lo que Dios acaba de unir, no lo separa el hombre.

 (Sale el sacerdote. Quedan Luisa joven y Juan Bautista. Bailan un vals del siglo XIX. Luego se quedan como congelados. Luisa anciana se acerca a ver la escena.)

LUISA ANCIANA: Vivimos durante un tiempo una etapa de paz y acercamiento a la naturaleza. Fue una breve tranquilidad para mi amado señor.

(Tema musical que inspire paz y tranquilidad.)

CARMEN: Por lo que sé después vinieron los pavorosos tiempos de la prisión.

LUISA ANCIANA: Así es, así es.

(Luisa anciana y Carmen se van hacia el extremo izquierdo. La anciana se sienta en la mecedora y Carmen en el suelo a los pies de su abuela. Luisa suspira evocando.)

LUISA ANCIANA: La prisión… la prisión…el espantoso castillo de Santa Rosa… y yo embarazada… ¿¡Cómo olvidarlo!?

ESCENA VII

(En la celda. Calabozo estrecho en el Castillo de Santa Rosa. Luz tenue. Por medio del vídeo *beam*, se proyectan imágenes del castillo de Santa Rosa. Luisa está embarazada. Habla con un soldado.)

LUISA JOVEN: Tengo sed. (El soldado guarda silencio) Señor, tengo sed.

SOLDADO I: Ya, ya te traerán agua y comida en un rato.

LUISA JOVEN: Está bien, seguiré esperando y para alentar mi espera, pensaré en todo lo grande y glorioso que hacen los patriotas para lograr la Independencia y librarnos del yugo del enemigo. Pensaré en mi General Bolívar, en mi admirado José Félix Ribas y en mi amado esposo Juan Bautista Arismendi... (Se toca el vientre) y en mi hijo.

SOLDADO I: Mujer, yo en tu lugar no hablaría soseras, más bien reza para salir de aquí, así te consolarás, pero cierto es que no saldrás. Es imposible que salgas de este calabozo... bueno, a decir verdad no es tan imposible... tú ya sabes cómo saldrías muy rápido.

LUISA JOVEN: Ni este estrecho calabozo, ni la inmundicia que me dan de comida, ni la falta de agua que sacie esta sed harán que deje de desear nuestro triunfo. Ni siquiera a cambio de la libertad, cualquier cosa antes de traicionar las convicciones de mi esposo, y las mías. De mi hijo (Se toca el vientre) se encargará Dios, él vela y velará por él.

SOLDADO I: (Llama a otro soldado) Oye, acércate. ¿Por qué no le haces la proposición que tienes a esta mujer, la que nos encomendó nuestro comandante? Tiene mucha sed y supongo que hambre. Creo que es un momento inmejorable.

ESCENA VIII

(Entra el soldado II.)

SOLDADO II: (Irónicamente) Mi estimada señora, quiero comunicarle que tenemos un muy buen ofrecimiento para usted, si reniega de toda la causa patriótica y de esos tontos ideales revolucionarios y hasta de su propio esposo...

LUISA JOVEN: ¡Nunca, nunca! Jamás me doblegarán, así me muera de hambre y de sed no cumpliré sus indecorosas pretensiones. Si sufrir es mi destino, enfrentaré esa realidad. Dios sabe que mi hijo está dentro de mí y mis sufrimientos lo afectan. Confío en que él moverá las piezas según convenga.

SOLDADO II: ¡Qué valiente es la señora!, pero sería interesante que sepa que su esposo se negó a darles libertad a nuestros hombres a cambio de la suya. (Imita, solemnemente irónico) "Sin patria, no quiero esposa." (Termina imitación)

LUISA JOVEN: No lo lograrán, esas heridas que me infligen no podrán conmigo. Respeto a mi esposo y confío en sus ideales.

(Los hombres se burlan. Repentinamente se oyen fuertes balazos y gritos a favor de la República. También se escuchan voces que gritan: "nos invaden".)

SOLDADO I: ¿Qué ocurre?

SOLDADO II: (Viendo hacia donde viene el ruido) Son unos alzados comandados por el marido de esta mujer, intentan rescatarla.

LUISA JOVEN: Dios salve y ayude a los que quieren rescatarme ¡y a mi esposo! (Se oyen fuertes sonidos de gritos, cañones y fusiles) Viva la patria, viva Bolívar, viva José Félix Ribas y viva Juan Bautista Arismendi. (Los soldados salen rápidamente y Luisa queda sola. Habla como aturdida y espantada) ¿Qué fue lo que dijo el soldado? "¿Sin patria no quiero esposa?"..." sin patria… no quiero esposa…" ¿Esas fueron palabras de mi Juan Bautista? "¿Sin patria no quiero esposa?" (Se oye un eco que repite varias veces "sin patria no quiero esposa." Luisa camina desesperadamente de un lado a otro buscando la voz) El no pudo haber dicho eso.

(Recorre el espacio, alucinada y atormentada. Comienza a tener una visión.)

ESCENA IX

(Entra Ángel Malo. Se oye música lúgubre.)

ÁNGEL MALO: Luisa, Luisa, Luisa, sería tan fácil para ti salir de aquí.

LUISA JOVEN: Juan Bautista dijo que sin patria no hay esposa, entonces yo no tengo esperanzas de salir de aquí, él no hará nada para que recobre mi libertad.

ÁNGEL MALO: Podrías salir. Tienes que renegar de tus ideales nada más y volverás a respirar el aire de la libertad.

LUISA JOVEN: Entonces hablaré con los soldados…ellos me oirán y me libertarán.

(Aparece Ángel Bueno. Se escucha música sacra.)

ÁNGEL BUENO: Luisa, no puedes dejarte convencer… este camino es duro pero es el que debes transitar…no puedes renegar de tus ideales patrióticos porque ellos son tuyos y del hombre que amas y son los que convienen a tu patria. Además, ¿no estás viendo que vinieron a tratar de rescatarte?

(Ambos extienden sus brazos hacia Luisa, en lados contrarios. Ella titubea pero finalmente toma la mano de Ángel Bueno. Se va Ángel Malo. Ángel Bueno y Luisa inician una danza. Poco a poco la va dejando sola. Ella se arrodilla. Reza.)

ESCENA X

(Entra el soldado I.)

SOLDADO: I¡Viva el Rey! Los hemos derrotado.

LUISA JOVEN: Mentira, la justicia nunca es derrotada, tal vez se pierdan batallas pero jamás la guerra.

SOLDADO I:¡Viva el Rey!

(Silencio.)

LUISA JOVEN: Tengo sed, tengo sed. (Saca fuerza interna) ¡Vivan los patriotas!

SOLDADO I: Con gran gusto te será dada el agua, espera. (Sale por breve tiempo y regresa trayendo una vasija con agua. Acercando la vasija) Aquí tienes el agua, prisionera. (Luisa extiende la mano derecha tras lo cual el soldado habla, alejando súbitamente la vasija) Supongo que será un honor que bebas el agua mezclada con la sangre de los alzados, eso te enaltecerá (Le ofrece de nuevo el agua. Luisa retira la mano y la rechaza. Seguidamente a pesar de la resistencia inicial extiende de nuevo la mano y toma la vasija. Bebe ansiosamente y a intervalos habla.)

LUISA JOVEN: Viva Simón Bolívar… viva José Félix Ribas… y viva Juan Bautista Arismendi… Viva la patria… viva la libertad… y viva esta agua mezclada con la sangre de valientes mártires que hoy entregaron sus vidas. Viva, viva, viva, viva…

SOLDADO I: Sí, viva el rey.

LUISA JOVEN: ¡No! ¡Viva la patria libre del yugo, viva Simón Bolívar, viva Juan Bautista Arismendi, viva José Félix Ribas! (Cae abatida)

(Se oscurece la escena y se ilumina el fondo central. Se proyectan imágenes de Luisa Cáceres de Arismendi y de la Fortaleza de Santa Rosa. También variadas imágenes de la Guerra de Independencia. Oscuridad.)

ESCENA XI

(Luisa viste la ropa mojada y teje junto con Inés, otra prisionera.)

INÉS: Qué bueno que por lo menos podemos acompañarnos.

LUISA JOVEN: Sí, aunque parezca irónico, dos prisioneras juntas son menos prisioneras porque por lo menos podemos compartir nuestras desdichas y como que pesaran menos.

INÉS: Las desdichas compartidas son menos amargas. Y dos cabezas piensan mejor que una.

LUISA JOVEN: ¿Qué me quieres decir?

INÉS: Debes pensar en el hijo que te nacerá, no puedes permitir que nazca en estas condiciones.

LUISA JOVEN: Si dependiera de mí ya estaría lejos de aquí, pero, ¿qué puedo hacer?

INÉS: Mucho te ayudaría afirmar que no crees en la Independencia y que consideras erróneas las causas de los patriotas.

LUISA JOVEN: No creas que no he flaqueado, pero me convenzo a mí misma de que nuestros opresores algún día, no muy lejano, van a dejar de ser nuestros dominadores. Nuestros hombres que están afuera luchan por ver a nuestra patria libre. Tenemos que pensar que nuestro sacrificio es el aporte que nosotras damos para la justa causa.

INÉS: No te hablaré más del asunto porque más bien eres tú a solas contigo misma quien medirás las consecuencias de tus actos. Pero dime, ¿por qué tienes la ropa mojada?

LUISA JOVEN: Es que hace unas horas los soldados me llevaron al río a que lavara mis prendas de vestir. Lo que tengo encima es lo único que poseo porque cuando me hicieron prisionera no me dieron ni tiempo para recoger algo que traerme, así que al lavarlo tengo que volvérmelo a poner y que se me seque en el cuerpo.

INÉS: Yo no tengo gran cosa pero por lo menos te puedo dar una muda de ropa para que cuando laves la sucia puedas ponerte algo mientras la otra se seca.

LUISA JOVEN: Bendita seas tú que en la situación en que te encuentras todavía tienes fuerzas para prestar ayuda.

INÉS: Es que ante todo somos seres humanos y los seres humanos debemos ser caritativos. Alguien se acerca pero recuerda lo que te dije, piénsalo. Ojalá yo tuviera esa oportunidad…

(Entra soldado II.)

SOLDADO II: Pero mira a las mantuanas en su labor.

LUISA JOVEN: Sí, estamos tejiendo, ¿tiene algo de malo?

SOLDADO II: (Dirigiéndose a Luisa) A propósito, ¿cómo llamarás a tu hijo?

LUISA JOVEN: Juan Bautista como su padre.

SOLDADO II: (Burlón) ¿No te parece mejor, mujer, llamarlo Fernando? Pues como tú eres una simple prisionera se ha decidido que se llamará Fernando como el rey y además será educado en España.

LUISA JOVEN: Nunca.

SOLDADO II: Piensa que es lo mejor para el niño que será un expósito porque su madre será ejecutada después de parir y su padre ahorcado.

LUISA JOVEN: Nunca sucederá eso, nunca, nunca. No me vas a doblegar con el miedo.

SOLDADO II: No me contradigas porque entonces será mejor que tu hijo sea ensartado en la punta de una bayoneta, y yo quiero tener el privilegio de hacerlo.

LUISA JOVEN: (Desesperada) ¡No! ¡No!

(El soldado sale e Inés trata de calmar a Luisa, luego también se retira.)

ESCENA XII

(Entran Ángel Bueno y Ángel Malo.)

ÁNGEL BUENO Y ÁNGEL MALO: (En coro) Luisa henos aquí. (Extienden sus brazos hacia ella) Tú sabrás elegir, el camino que cada uno de nosotros representa.

ÁNGEL BUENO: Yo te ofrezco la vía más dura y escabrosa pero la que sin duda te brindará mayor bienestar espiritual. Ven a mí.

ÁNGEL MALO: ¿Para qué perder tiempo, Luisa? Tú hijo nacerá y no puedes esperar que nazca aquí. Las palabras "sin patria no quiero esposa" que retumben y te hagan tomar el camino mejor para ti. *(Se oyen las palabras en eco)*

(Ángel Bueno y Ángel Malo caminan alrededor de Luisa joven, ambos extendiendo las manos hacia ella. Ella huye, titubea, regresa, vuelve a huir y finalmente toma la mano de Ángel Malo. Ángel Malo y Luisa joven bailan como en torbellino. En *off* se escuchan las palabras "sin patria no quiero esposa" varias veces. De repente Luisa se hace consciente de lo que hace y se detiene abruptamente. Ahora danza con Ángel Bueno. Ángel Malo sale. Oscuridad.)

ESCENA XIII

(Luisa está sola en el calabozo. Entra una esclava con comida.)

LIBERTAD: Señora, le traje algo de "comé". *(Le ofrece la comida)*

LUISA JOVEN: ¿Y por qué tanta benevolencia conmigo? Simplemente me parece tan extraña tanta bondad. ¿Acaso quieren acabar con mi vida y la de mi hijo ya?

LIBERTAD: No desconfíe, señora, ¿qué mal le podría "hacé" yo?

LUISA JOVEN: La verdad es que no confío…. Si no estuviera embarazada cometería un gran pecado… el desear que me envenenaran para así acabar de una vez por todas con esta tortura. Pero soy temerosa a Dios y no debo ni puedo desear el camino más fácil…la vida de mi hijo está de por medio. ¡Pero, dime! ¿Qué quieres? ¿Acaso convencerme de que me convierta en una traidora para salir en libertad?

LIBERTAD: Señora, confíe en mí. Míreme, ¿qué ve?

LUISA JOVEN: (La mira) ¿Esperas un hijo?

LIBERTAD: Sí señora, y es por eso que quiero "ayudala", a costa de mi vida y la de mi hijo. Aunque "usté" sabe… mi ayuda es tan poquita… es apenas la de una pobre esclava.

LUISA: Eres esclava pero eres más libre que yo, por lo menos puedes entrar y salir de esta celda. Cosa que está prohibida para mí que tengo que permanecer en este claustro sin aire ni luz.

LIBERTAD: Si ellos descubren lo que estoy haciendo seguro que no dudarán en "acabá" conmigo… mi vida no vale nada… la de mi hijo tampoco. Mire como la tratan a "usté" sin "sé" esclava, imagine cómo serán conmigo.

LUISA JOVEN: No creo que sea peor. Es que nadie, nadie puede estar peor que yo. ¿Acaso crees que por ser blanca no soy esclava? Los que niegan mi libertad pese a mi estado (Se toca el vientre) son mis dueños, los dueños de mi vida y la de mi hijo. Claro, lo que ellos ignoran es que todas estas humillaciones son pruebas a las que Dios me somete. Para algunos las pruebas son más fáciles, para otros más difíciles. La libertad es una facultad humana y divina. Permite obrar y expresarse según la voluntad de cada quien. Yo no puedo moverme a no ser entre estas estrechas paredes de este calabozo. Como y bebo lo que ellos me dan y no decido nada por mí misma.

LIBERTAD: ¿Cómo "usté" que ha estado "acostumbrá" a otra vida muy diferente a la que lleva en los últimos tiempos puede "soportá" tanto sufrimiento? Yo siempre, desde que tengo recuerdos, estoy "sometía" a pruebas, como "usté" dice. No he conocido otro destino, pero mis antepasados que vivieron en un lugar que llaman África fueron libres, por eso sé que existe y me pregunto cómo puede "usté" "aguantá" esto, si ya la ha "gozao".

LUISA JOVEN: Porque en los momentos de la oscuridad más lúgubre y del silencio más apacible o de la crueldad más cruel recuerdo la oración que tantas veces recé con mis padres. (Reza)

"Padre mío, eres mi guía, de nada careceré.

Harás que descanse en lugares de suave hierba;

junto a aguas calmadas me encaminarás.

Alentarás mi alma;

me dirigirás por caminos de justicia.

Aunque me cerquen siluetas de muerte,

no temeré daños físicos u ofensas, porque tú me acompañarás;

tu vara y tu cayado me infundirán aliento.

Adornas mesa delante de mí en presencia de mis martirizadores;

unges mi cabeza con aceite; mi copa está rebosando.

Ciertamente el bien y la misericordia me seguirán todos los días de mi vida,

y en tu casa padre mío moraré por largos días".

LIBERTAD: Señora tal "vé" nunca seré libre. Tal "vé" la "libertá" sea esto que vivo ahora cuando converso con "usté" y le ofrezco algo de "comé".

LUISA JOVEN: Y yo te lo agradezco.

LIBERTAD: Claro, este momento es "una ñinguita" porque ya deben "está" extrañando mi ausencia, aunque en "realidá" siempre estoy ausente "pa" ellos a no "sé" "pa" "saciá" ganas de macho. Es mejor que me vaya. Pero antes, tenga… coma algo, es de lo que ellos comen, carne fresca, casabe, un poco de leche de vaca y algo de agua.

LUISA JOVEN: (Toma la comida) ¿Cuál es tu nombre?

LIBERTAD: No tengo uno solo. A veces me llaman perra, otras veces puta, y algunas veces me dicen esclava; pero ¿sabe?, me gustaría que me llamaran "Libertá".

LUISA JOVEN: Entonces te bautizo. Yo te bautizo Libertad. Y como dice Simón Bolívar "La libertad es el único objetivo digno del sacrificio de la vida de los hombres", y yo agrego, y de las mujeres.

LIBERTAD: Y precisamente yo, una esclava, he de "llamame" "Libertá". Es raro pero de todas maneras vendré de nuevo mañana, y cada vez que pueda.

LUISA JOVEN: Sé que es irónico. Todo esto tiene mucho de mordaz pero si queremos la libertad tanto tú como yo debemos nombrarla, clamar por ella, jamás ignorarla. De otra manera es resignarse a perderla para siempre, y eso es imposible dejar que suceda. (Se va la esclava. Luisa come y se toca el vientre al mismo tiempo. Se persigna y comienza a recitar una oración)

"¡Oh, dulce y amado Padre mío, Jesús Nazareno! Al considerar vuestro amor y la bondad con que me habéis acogido en este día, un grito de gratitud se escapa de mis labios y el recuerdo de vuestras misericordias embarga mi alma. Por ganar mi amor bajasteis a la tierra y sufristeis toda clase de penas y trabajos y muerte de cruz. Por mí también, llegando al colmo de todas las bondades, os quedasteis en el Sacramento del altar, queriendo ser nuestro manjar, consuelo y perpetuo compañero. ¿Qué más? Por nuestro amor os presentáis en esa imagen coronada de espinas, atado con duros cordeles y vestido con hábito de humildad y de paciencia. ¡Gracias, Señor, por todo!, y a fin de corresponder a vuestros favores, os pido la gracia de cumplir siempre vuestra ley, imitar vuestras virtudes y vivir y morir en vuestro amor. Amén."

(Cortina de música sacra.)

ESCENA XIV

(Se oyen los gritos de Luisa. Está a punto de parir).

SOLDADO I: ¡Ya como que la perrita va a expulsar sus cachorritos! ¡Puja perra, puja! y puja un realista como nos dicen a nosotros porque seguro que el bastardo será más inteligente que su madre que no ha querido entender que es mejor estar de este lado.

LUISA JOVEN: ¡Ay me duele!, necesito ayuda, necesito ayuda… Mi hijo quiere salir, necesito ayuda, ¡ay!

SOLDADO I: Mejor me voy, no quiero oír tus gritos, termina de parir y ayúdate tú misma, aquí nadie hará nada por ti. O mejor, llama a tus patriotas, grítales para que te oigan, seguro que ellos estarán gustosos en acudir en tu ayuda.

LUISA JOVEN: No me pueden dejar sola, necesito...

(Grita desesperada. Está pariendo. Entre los quejidos se escucha la voz de Juan Bautista "sin patria no quiero esposa" y la voz también en *off* de Luisa joven que dice "no creo que lo haya dicho y si lo dijo fue por algo grande que lo hizo, si es necesario yo lucharé sola y saldré de este horror." Oscuridad. No se oye llanto de niño alguno, en su lugar se deja escuchar Réquiem de Wolfgang Amadeus Mozart.)

ESCENA XV

 (Vuelve la luz. Luisa se ve sudorosa y débil. Habla con dificultad. Entra el soldado II.)

LUISA JOVEN: Era una niña y está muerta, muerta, muerta…

SOLDADO II: Mejor así, no escucharé su llanto, suficiente con los gritos de la madre.

LUISA JOVEN: Malvado, ¿no ves mi dolor? ¿No ves que seguramente mi hija sufrió? Ha sido tanta el hambre y la sed que he padecido que no podía ocurrir otra cosa. Además sin siquiera una ayuda en el parto. Soldado, tú y los otros son unos mal paridos. ¡Qué dolor!

SOLDADO II: Me cago en tu dolor, e igualmente te maldigo a ti y a tu hija, una maldita zorra como su madre.

LUISA JOVEN: ¡Qué maldad! ¡No puede existir tanta maldad sin castigo!

SOLDADO II: Claro que habrá más castigo pero para ti y para tu cachorra.

LUISA JOVEN: ¿Qué más daño para mi pobre hija? ¡Está muerta! Pero escucha, después de bendecirla quiero que sea sepultada. No me pueden negar eso.

SOLDADO I:¿Pero, mira como la mantuanita da órdenes? Tu cachorrita se pudrirá junto contigo. Disfruta la grata compañía de tu hija. Disfrútala.

(Sale el soldado II riéndose a carcajadas.)

ESCENA XVI

LUISA JOVEN: (Con dificultad habla con la niña muerta) Hija mía, perdóname por no haber podido hacer nada para que vivieras, pero te bendigo hija y te bautizo Juana Bautista. (Luisa recita una oración y al mismo tiempo llora) "Te suplico, Señor, que derrames tu gracia en mi alma, para que los que como yo, por el anuncio del Ángel, hemos conocido la Encarnación de tu Hijo Jesucristo, por su Pasión y Cruz, seamos llevados a la gloria de su Resurrección. Por el mismo Jesucristo nuestro Señor. Que descanses en paz, hija. Amén."

(La luz va decreciendo hasta producirse un oscuro. Música triste. Transición.)

(Se oye la voz de Luisa joven en *off* : ¡Por el amor a Dios, que venga alguien!)

SOLDADO I: (Voz en off) ¿Qué pasa?

(Se encienden las luces suavemente.)

LUISA JOVEN: El cuerpo de mi hija debe ser sepultado.

SOLDADO I: (En *off*) ¿Cuándo murió?

LUISA JOVEN: ¿Cómo preguntas, infame? ¿No sabes que fue hace dos días, antes de ayer?

SOLDADO I: (En *off*) Todavía no es tiempo, te vamos a dar la oportunidad que veas pudriéndose a tu engendro y para eso se requiere por lo menos una noche más. Necesitas compañía, no eras tú la que te quejabas de estar encerrada. Bueno lo seguirás estando pero en la dulce compañía de tu hijita.

LUISA JOVEN: Es insoportable ver la rigidez de mi hija cuando pudo ser una nena sana. Es insoportable, pero yo lo haré soportable. Mi hija merece ser sepultada.

 (Comienza a golpear.)

ESCENA XVII

(Entra un soldado negro.)

NARCISO DE JESÚS: ¡Señora!

LUISA JOVEN: Necesito que mi hija sea enterrada.

NARCISO DE JESÚS: Señora, se tiene prohibido que su hija sea "enterrá", pero trataré de hacer algo por "usté", espere por favor. Debo "sé" muy cauteloso porque no quiero "hacé" nada que vaya en contra de los intereses de mi señor el Rey.

LUISA JOVEN: Por momentos, creo que la debilidad física y ser expuesta cruelmente al cadáver de mi hija descomponiéndose me hacen ver alucinaciones. Acaso son mis ojos los que me engañan o esto es verdad. ¿Cómo un negro puede estar contento por estar trabajando a favor del Rey?

NARCISO DE JESÚS: Señora yo pertenezco a la Milicia de Negros Libres de Cumaná y sé lo que ha sufrido mi gente, por eso me siento "condolío" con lo que le está pasando, pero mi deber es servir a los realistas, para eso estoy aquí.

LUISA JOVEN: Si fuera genuina esa condolencia encontrarías el modo de brindarme la ayuda necesaria.

NARCISO DE JESÚS: Precisamente eso es lo que haré, ya se lo dije, pero no quiero traicionar a los que tienen el mando.

LUISA JOVEN: Algún día todo esto terminará y ya no tendrán más el poder.

NARCISO JESÚS: Algo que quizá mis ojos no verán.

LUISA JOVEN: Yo aspiro a que los míos sí.

NARCISO DE JESÚS: Señora, la única manera que tengo "pa" que su hija sea "enterrá" es con la ayuda de unos niños del pueblo "pa" que le hagan el "favol". Espere un momento. Entren "pa´ cá", muchachos…

(Entran un niño y una niña tapándose la nariz.)

EVARISTO: ¿Esa es la niña que vamos a "enterrá"?

JESUSITA: Sí tiene que "sé" esa, míra, ahí "tá".

LUISA JOVEN: Me asombra que tan tiernos niños no sientan terror de ver el cadáver de mi hija. Esperen, la envolveré en algo, pero aquí no hay nada. Sólo esta almohada y su funda (Luisa coloca el cadáver entre la funda de la almohada) Tengan, entiérrenla así, por favor, niños.

(Los niños y Narciso de Jesús salen.)

ESCENA XVIII

(Aparecen Ángel Bueno y Ángel Malo. Hablan en coro.)

ÁNGEL BUENO Y ÁNGEL MALO: Luisa, vemos en tu rostro cierto alivio.

LUISA JOVEN: Claro que me siento aliviada.

ÁNGEL BUENO: ¿Acaso no querías estar con tu hija?

LUISA JOVEN: No estaba con mi hija, estaba con su cadáver. Y no me molestaba, solo que no era justo que mi hija se fuera pudriendo como un trozo de carne que nadie quiere.

ÁNGEL BUENO Y ÁNGEL MALO: (Al unísono) Ni su madre.

LUISA JOVEN: No me malinterpreten, todo cristiano debe ser sepultado, es lo mínimo que puede dársele a una niña que nace asfixiada como la mía.

ÁNGEL BUENO Y ÁNGEL MALO: (Al unísono) ¿Acaso fue bautizada?

LUISA JOVEN: No como hubiera querido, pero la bendije y pinté la santa cruz en su frente con mis dedos.

ÁNGEL BUENO Y ÁNGEL MALO: (Al unísono) ¿Con qué la pintaste?

LUISA JOVEN: Mis dedos tomaron un poquito de tierra de este suelo y con ella dibujé la cruz en su frente. Además exprimí este paño mojado hasta sacar un poquito de agua que yo misma bendije.

ÁNGEL BUENO Y ÁNGEL MALO: (Al unísono) Le diste poco a tu hija.

LUISA JOVEN: Mucho, porque qué más podía darle aquí estando cautiva. Fue poco en verdad, pero mucho para la nada de esta prisión.

ÁNGEL BUENO Y ÁNGEL MALO: (Al unísono) Alguien se acerca, escucha los pasos, son pasos menudos.

LUISA JOVEN: Han de ser los niños que me vienen a avisar que mi hija ya está sepultada.

ESCENA XIX

(Entran el niño y la niña.)

JESUSITA: Señora aquí le devolvemos la "almohá" y el pedazo de paño.

LUISA JOVEN: ¡Pero cómo! ¿Por qué no la enterraron con la almohada y la funda, para eso se las di?

EVARISTO: Señora, es que no la enterramos, lanzamos el "cadáver" a un despeñadero y le devolvemos estos trapos porque pensamos que "usté" los necesita aquí.

LUISA JOVEN: ¡Pobre de ti, mi Juana Bautista!, que ni derecho a tener una tumba tuviste. (Se arrodilla y comienza a rezar) "Padre nuestro que estás en los cielos, santificado sea tu nombre, hágase tu voluntad aquí en la tierra como en el cielo…"

(Se van los niños y Ángel Malo. Ángel Bueno la acompaña en sus plegarias. Música sacra al fondo. Se muestra firme, sin llanto. Se va oscureciendo la escena y se va debilitando el rezo.)

ESCENA XX

(Se ilumina el ángulo donde están Luisa anciana y su nieta Carmen. Se vuelve al presente.)

CARMEN: ¿Y siempre estuvo prisionera en Santa Rosa?

LUISA ANCIANA: No, no siempre. Estuve más allá del mar, lejos pero los laberintos de mi mente no guardan recuerdos de aquellas horas, hasta que recobré mi libertad para residir donde quisiera y volví a mi patria, ¿dónde más?

CARMEN: Es verdad abuelita, ¿dónde más? Qué historia tan triste. ¡No tuvo un final feliz del todo!

LUISA ANCIANA: Hija, no es apropiado decir que la historia no tuvo un final feliz porque realmente la historia no ha terminado. Ha habido momentos felices, otros infelices y algunos realmente nefastos pero aún queda mucho por recorrer y queda de parte de los más jóvenes conseguir que el final sea dichoso o por lo menos cercano a ese ideal, porque la felicidad completa no existe. Estamos en 1865 y todos sabemos que después de lograda la Independencia han quedado muchos problemas sin resolver y es una de las razones por la cual surgió la Guerra Federal que finalizó hace tres años. Todavía hay mucho camino que recorrer y lo que yo espero es que tú y todos mis descendientes den lo mejor de sí para lograr una patria grande, libre y soberana como la quisieron Simón Bolívar, José Félix Ribas y tu abuelo Juan Bautista Arismendi.

CARMEN: Abuela, he sabido que mi abuelo no estuvo de acuerdo siempre con Simón Bolívar. Apoyó la separación de Venezuela de Colombia.

LUISA ANCIANA: Eso fue simplemente una opinión política diferente pero el deseo era el mismo: una patria grande como la soñó Bolívar que ya está naciendo, que nace en el corazón de mis doce hijos y el de sus hijos y los hijos de sus hijos, y en el tuyo renace cada segundo… En el mío morirá y nacerá cada vez que nazca un nuevo venezolano. Y ahora, acompáñame al patio y no olvides nunca lo que te he dicho.

CARMEN: No lo olvidaré (Empieza a cantar y da vuelta alrededor de Luisa anciana.)

> Abuelita fue prisionera,
> qué dolor qué dolor qué pena.
> Abuelita fue prisionera
> y ahora todos sabemos la verdad.
> Do re mi do re fa
> y ahora todos sabemos la verdad (bis).

(Cesa de cantar y se deja escuchar música sacra. Van entrando los espectros de varios de los personajes: Luisa joven con su niña muerta entre brazos, los niños, Esperanza, Inés, Narciso de Jesús, los soldados. Luisa anciana los observa.)

LUISA ANCIANA: Cosas como las que yo viví, no deben ocurrir nunca más en nuestra tierra.

(La iluminación va disminuyendo, mientras la abuela y la nieta abandonan el escenario.)

FIN

SOBRE LA AUTORA

Ligia Álvarez es Profesora de inglés, Magíster en Literatura Hispanoamericana, Magíster en Educación mención Enseñanza de la Literatura en inglés, y Doctora en Arte. Nació en Caracas, Venezuela. Ama escribir narrativa, poesía y teatro.

Correo electrónico: ligialvarez@gmail.com

Blog: poemasyfotosdeliyita.blogspot.com

Twitter: @Mecha1960

Instagram: @ligiamercedesalvarez

Facebook: Ligia Álvarez